水族館はこわいところ

中塚鞠子

思潮社

水族館はこわいところ

中塚鞠子

思潮社

目次

ぼくの青い帽子のゆくえ

装画　あまのしげ
装幀　思潮社装幀室

水族館はこわいところ

残像夜話

捜す

その詩と初めて出会ったのは
新聞だった
その詩を探していた
曾祖母から祖母へ　そして母から娘へ
連綿と続く女の性のような　そんな詩だった
感動した記憶を確かめようとしていた
詩集もめくった
現代詩文庫だから
あらかたの詩は載っている

だからどこかにあるはずだ
でも
みつからない
かわりに詩群の中に潜り込んでいると
詩人の身体をあちこち触り
見せないでいるものを見てしまったりした気分になる
言葉は無造作に投げ出され
詩人はその後を追いかけているようにもみえる
背伸びをしたり　うずくまったり　セックスしたり
部屋から自分を追い出したり
街に置き去りにしたりする
　放たれた矢に
わずかに遅刻して
矢の影が　いま追い着いたというように

そんな何げない言葉に惹かれる
待ち続けたものが来ることをふしぎだといいながら
来てもやっぱり取り残されたものがいるという
わたしは塩茹でのそら豆が好きになる
捜していた詩は見つからないが
そら豆をつまみながら
ひたすら魅力ありげな謎を追いかけている

飛べ

ひざが痛むので温める
今日の入浴剤は　吉野の湯
お湯は　たっぷ　たぷ　桜の香り　だが外は五月葉桜だ
どこかでかすかに妙な振動がやってくる
少しずつ音はお湯にも浸み込んでくる
いつか聞いたことがある音
胸も腹も腿もぶるぶる震えてくる
吹きつける雨　嵐の前触れの
きっと竜巻だ

窓ごしそっと覗く
雨など降ってないしそよ風ひとつ吹いてないちゃんとした五月晴れ
おかしいなぁ
でもどこかで聞いたことがある音
そうだ　記憶が呼びに来ているのだ　また
ダムに沈んだ懐かしい村の発電所のあのタービンの音
母の故郷　女医の伯母さんと二十年寝たきりのおばあさん
墓石を叩く風の声　唸り吠える木々
気がつくと水槽の中にいる
しきりにぶくぶく送られてくる酸素の音を聞いている
この音だ
いつのまに私はこんなに小さくなったのだろう
おおきなメダカが寄ってきて突っつく
突っつかれても痛くない

お返しに
とがった口を小突く
小突いた手も痛くない
痛みを感じないんだ
と気づく
せっかく温めようと思ったのに　なんで水の中にいるんだろう
痛みを感じないのなら　魚もいいんじゃないかと
いやいや　思ってしまってはお終いだ
脱出　脱出だ
ともあれ
魚になっても
飛べ

贖罪

蛇を焼いている
ぬめぬめした頭を捕まえて
頭に錐を突き立て　腹から割き
かば焼きにしている
蛇はひるまずどんどん現れる
くねくねくねくね迫ってくる
腹から割いたり背開きにしたり
けんめいに捕まえては割く　が
決して眼だけは見てはいけない

悲しそうか　恨めしそうか　妖しそうか
とにかくどの蛇の眼も見てはいけない
つぎからつぎへ　蛇は現れ
かば焼きの順番を待っている
頭に錐を突き立てられると
歌を唄い出すのだ
澄んだか細い声で
それはそれは美しい歌を！
これはいったいどうしたというのだ
この歌を聴いてはいけない
それにして
このこんがり焼ける香ばしい匂い
このかば焼きは誰が食べるのだろう
私は決して食べない

香ばしい匂いに誘惑されはしない
この匂いを嗅いではいけない
と　一瞬手を休めたすきに
蛇はどっと増え
手に巻き付く
足にまで巻き付いてきた
　ほらごらんなさい
　万事滞るとこんなことになるのですよ
と　どこからか声が聞こえる
何のために
誰のために
こんなことをしなくてはならないのですか
腹立ちまぎれに　私は
叫んでみる

これは贖罪なのです！
と　とたん
蛇は一斉にとびかかり
ぬめぬめした感触が全身をはい回り
体中に巻きつき締めつけられ
ああ　あっ

意識が戻っても
なにも見えない
なにも聞こえない
なにも匂わない
なにも食べられない

孤独な措置室にこもっている

肉じゃがを煮る

肉じゃがを煮ている
結局私の決心次第なのだ
そろそろ始末をつけなくては
そう思いながら決心できなくて
今日もぐずぐずと肉じゃがを煮ている
黙っていれば誰も知らないのだし
始末をつけることもないではないか
とぶつぶつつぶやきながら
掻き混ぜていると

鍋が聞き耳を立てている
じりじり迫ってくる刻に
どこかへ逃げることを考える
と　鍋の中から足がにゅーと飛び出す
だれかさらって行ってくれないものか
逃げようとすると
戻ってこられないことに思い至る
腐った肉じゃがが頭をよぎる
鍋の中から肉じゃがが手招きする
その手を握ると
あっという間に引きずり込まれた
弱った心は取り込まれやすいものだ
肉じゃががコトコト煮えている
煮ているのは誰だろう

残像夜話

小さな虫が
目の前を横切り
ふっと消える
あっ　まただ
虫が怖いわけではない
小さい虫が苦手
捕えられない　潰れる恐怖で
ところがまた
パソコンの画面を小さな影が横切る

足が動いているのが見える
しかたなく手を伸ばすと
いない
よかった　いや大変だ
どこへ行ったか　みつけなくては
眠っていると右の目がざわざわする
目醒めると目の隅っこに小さな影が見える
鏡を覗いたり
目薬をさしてみるが
出てこない
起きている時は見えるだけなのだが
夢の中では動く
棲みつかれてしまったようだ
育っていったらどうしよう

しきりに影に気を取られていると
何かにぶつかった
転んだわたしの背中を
グシャッと踏んだのは大きな象の前足
どうしてこんなところに
象はわたしの好きなフレックスだった
痛い痛いとうなりながら
目醒めてみると
腰に激痛　足はしびれている
やはりフレックスに踏まれたのか
と　なぜか　でも納得している
フレックスって？
あの絵本の中の

秘密

誰にも言わない　言わないできた
秘密をいくつか　胸にもつ
大木実「秘密」

このごろ
だんだん素直に正直になってきた
裸も平気になってきた（まさか
錘を外したくなってくる
秘密でさえも話したくなって
これには困ってしまう

秘密は誰でも持っているだろう

この齢になっても言えない
言わないでいる秘密をわたしも持っている
忘れたふりをしているだけで
ときおり　鋭い痛みになったり
深い胸の奥で突然火事になったりする

木々を並べて霧を流し照明を当てる
氷海の上にオーロラをたなびかせる
蒼い深い海の中　並んで泳ぐ魚の群れ
降りしきる雪　乱れ舞うさくら吹雪
舞台美術をやりたかったなあと呟くと
何を今ごろと幼子たちが笑いころげる
世界はすでに閉じられている

夢を語っても笑われる齢になってしまったのか
大丈夫と自分に語りかける
誰にも語ってない秘密がまだあって
私を守ってくれるのだから
秘密をいくつか　胸にもつ　いい言葉だ

誰も知らない

ハトロン紙を透かして見ているように
陽が薄くなり
風が凪いでくると
岩陰からそっと
のぞく

海辺からは見えないところに
洞窟があった
大きな岩に囲まれた洞窟で

呪いの言葉を
見えない文字で額に刻み込まれた
私に非はなかった
たまたま私がそこに在ったというだけのこと
誰かに呪いを伝えずにはいられなかったその人は
私を残したまま舟で去っていった

孤独を抱えて
辿り着いた島で
唯一出会った人だった
亡くなった人に出会えた気もした
闇の中の一条の光のようにも

水底から湧きあがって

だんだん透き通ってくる
わたしの神経を刺す響き
正体はわからない
伝えられない言葉

以来私は
この言葉を伝えるために
旅を続けている
島々を巡っている
誰も知らない島を巡っている

北の街で

粉雪が舞う
古い駅舎に
一輛だけの赤い電車が止まる
降りてこない

駅舎の横の大きな欅の樹の下で
雪を避けて待つ
葉を落とした欅はひろびろと枝をひろげてはいるが
私を守ってはくれない

夜を行く馬は
斜面を　とことこと行く。*

首から小さな袋をさげた馬が行く
袋の中でコロコロ鈴が鳴る
私を呼んでいる
行かねばならない

馬の肩に粉雪が舞う
私はとぼとぼ馬について歩く
雪の上に一人と一頭の足跡が続いて
やがて粉雪に消され見えなくなり

赤い車輛を忘れ
待っていた人を忘れ
悲しみも喜びも忘れ
夜を行く馬と歩く

＊三井喬子「夜を行く馬」（『山野さやさや』）

ふたたび砂の町で

紅い砂が続いていた
ゆきくれて　たたずむ
上弦の月が　高く冷たく光って
砂はまだ熱を含んでいる
なぜここにいるのか　と
舞い上がる砂が尋ねる
うねる砂山が尋ねる

行く先も見えず

寄る辺ない者を
月は　星は　でも照らしてくれる
わたしはいつまでも水を掌で運ぶ者
まだ灼熱の太陽の残照をかかえたまま
言葉はすでに蒸発して
夜の冷酷に耐えかねているというのに

母がいた　父がいた　姉妹がいた
それを思うと　絶望はいらない
ただ故郷への思いが　途方に暮れてたたずむ
憎み合っても愛し合っても
底で疼くものを抱えて
絡み合う蔓を手繰り寄せながらほぐしながら
振り捨てようか

誰に云えようか
ひと掬いの水を求めるより大事なことがあると
だが　わたしの中で渦巻くもの
打ち付ける雨しぶき荒れ狂い
爽やかな風草原を渡り
樹々の歌森に響き
湧き上がる生き物のにおい激しく

我々はどこへ行くのか

我々はどこから来たのか／我々は何者か／我々はどこへ行くのか
ポール・ゴーギャン

君たちはどこから来たのか
突然現れて　世界中をひっかき回した
君たちは何者だ
美しい姿を見せては　突然消える
正体見つけたと思えば　とたんに姿を変える
君たちは何者だ　生物なのか
死んでもいないし生きてもいないものたちよ

PETER（ペテロ）は伝える
Jesus Christ（イエス キリスト）は生きている　そして死んでいる　と
JOHN（ヨハネ）の黙示録は伝える
小羊が巻物を解き七つの封印を解くと
白い馬　赤い馬　黒い馬　蒼ざめた馬が出てくる
いよいよ七番目の封印が解かれると
ついに　七人の天使がラッパを吹き鳴らす

戦争　地震　津波　洪水　火山の噴火
コロナのパンデミック
我々を試すため？　神の黙示？
だが　無人の街に潜んで
じっとみんな耐えている
未来のために　選別された犠牲者

歯を食いしばって戦っている者

キリスト教もイスラム教もヒンドゥー教も仏教も
信じるも信じないもありはしない
世界中　見えない敵にひっくり返され
だが強くなった
世の中確実に変わった
目に見えないものから逃れたら
やがて　人工頭脳が支配を始める
いったい　我々はどこへ行くのか

彷徨《さまよ》う

街の中をバイクが走る
ひっきりなしに走り廻る
ライトに浮かび上がる影
あっ　向こう側にいる
横切らせて！
ひっきりなしにバイクは通り過ぎる
おびただし数のバイクが走る
百台二百台三百台　数えきれないバイク
流れが途切れかけ　やっと道路を渡る

いない
レストラン　シルク店　漢方薬の店　バイク屋さん
光り輝いているスマホの店
どこ　どこにいったの
なぜ遠くホーチミンまでキミを捜しに来たのだろう

　ボクを捜してる?
　どうして?
ふいに声がする
あのとき　キミを救えなかった
　どうして?
ボクはいつでもあなたの側にいるのに
いるでしょ
あれ以来あなたはいなくなってしまった

いないって　どんなこと
いないって　触れられないことよ
いないって　抱きしめられないことよ
でも　ボクはいるよ
ほら　ここに
声だけが差し出されてくる
受け取れない
背負った重さのために言葉がない
気持だけが彷徨っている

こびとがいっぱい

左の頭の上に立ってるのだれ
ごちゃごちゃごちゃごちゃ
話しかけんといて
頭痛がするやん

耳の中で舞い舞いしてるのだれ
くるりくるりくるくるり
風吹きつけてるみたいで
立ってられへん

左の肩の上に乗っかってるのだれ
どっかりずっしり
重くて首まわらへん
左手痺れてきたわ

足引っ張らんといてくれる
膝痛いのに
そんな引っ張ったら
足攣るやん

こびとたちはあっちこっちにあらわれて
鼻に入り込んで詰まらせたり
背中を這ってこそばしたり

お腹の中を跳ねまわったり
悪戯したり
暴れたり
私と遊びたがる

でも　突然
ぱっとみんないなくなる日もたまにはある
そんな日は気分は晴れわたって爽快で
それなのに
みんなどこへ遊びに行ったんやろか
なんて
寂しいわねぇ

夜へ

夜へ

木樹が繁って荒れ果てた庭
風が山茶花の枝をゆする
錆びた郵便受けの蓋がカタカタ鳴る
大量発生した蚊の大群が池の周りに群れている
ミューミューミュー
心細そうに鳴く迷子の子猫
遠ざかっていく足音

崩れたままの状態で
ぼんやりと何かが宿ったり消えたりする

床の間に立ち続ける剝製の鷹よ
どんなに待っても
お前を自慢していた父はもういないんだよ

売り払われた離れ座敷の土台の間に
ニワゼキショウが揺れ
梅の古木にサルノコシカケ

野放図に伸びた金木犀よ
雄々しく手を広げた欅よ
久しぶりだね

陽射しが淡くなって
空が茜に染まる
星が夜へ落ちる

誰も立ち寄らない墓地に
ちらちらと明かりが見え
闇が私を連れ去っていく

駱駝に乗って

なにも不足の無い午後
卓上のベンジャミンの葉が一枚
はらりと落ちる
行き暮れた魂の集まる処
行こう
蘭新鉄道に乗ってトルファンへ
ああ　また逢えたね
コロコロといい音のする鈴を売ってくれた少女
ウイグル帽をかぶって

もうすっかりバザールの子だ
逢いたかったよ　こんなところにいたの
埃っぽい道端でぶどうを売っていた
あのおじいさんは元気だろうか
ロバの馬車に乗せてくれた
お兄さんにも逢いたいな
君たちは海というものを見たことがない
海は青いんだよ
クジラやサメという大きな魚もいるんだ
沙漠の真ん中
オアシスの町トルファン
天山山脈の地下水は滔々と
地下深いカナルを流れ
青いぶどうが実る地

毎日毎日バザールは賑わい
賑やかに豊かに暮らせる
フタコブラクダは
優しい目で見つめてくれるが
遠いね　海は

Ingress

助手席で楓子が指令を出す
左　左　そう　そこのローソン
やったー　ハック！
つぎは　国道二十六号線に出て
まっすぐ行くと　次の信号の手前　あった
ラウンドワン　ハック！
右　星狩物語　ハック！
こんどは中央公園に戻って
虹の谷の横　ほらあった

岸和田っ子宣言のモニュメント
このポータルも　ハック！
三角形で囲んで陣地を守るんだよ
ずっと北の方　緑に囲まれたところは敵の陣地なんだ
あっ
いつの間にか　さっきのローソンがハッカーにやられた
どこかに敵が　しかもいっぱいうろうろしている
いったいどこにいるんだろう

楓子は家にいても
スマホ片手に　落ちつかない
どこかにいる見えない敵が
常に攻撃をしかけてくる
ちょっと休憩　とスマホを切る

テレビでは社会心理学者たちの討論が続く
いま　若者の生命力は落ちている
そう　戦う力も　反抗する気力さえもありませんよ
いや　基本的に人間には闘争心があるものだ
命に危険がないと　闘争心は衰えます
突然　爆発的に出てくるんですよ　闘争心って奴は
それって　ただ切れるだけでしょう
計画性も持続性もない　ただの爆発

若者の間で驚異的に広がっている
陣取りゲーム　イングレス

世界中の争いがみんなバーチャルであればいいのに

手紙

スーパーのカウンターで　眼鏡をお忘れですよ　と声をかけられた
わたしのではありません　と断ったが　あなた今カバンから出して
置いたばかりじゃありませんか　といかにもわたしが惚けているよ
うないい方なので　仕方なく持ち帰ってきた　ケースを開けると
透明なフレームの縁なし眼鏡で　まるで存在してないような眼鏡だ
美しさに惹かれて掛けてみる　本を開くと　なんと文字がない　頁
を捲っても捲っても文字がまったくない　真っ白なのだ　おかしい
さっきまで読んでいた漱石の『硝子戸の中』の続きなのだから　そ
んなはずがない　ふっと本から目を離すと　机の上には　いつのま

にか蟻や蜘蛛やごきぶりやかなぶんなどがうじゃうじゃと動きまわっている　この虫たちは何だろう　小さな文字のようにも見える
眼鏡を外すととたんに消えた　文字が勝手に動き回っていたのか

雨が降り続いている　屋根を叩く音と雨だれのしずくの音に　身動きできないでいる　書きかけの白い便箋の上に小さな虫が這ってきた　蟻？　紙を持ち上げようとしたら　もういない　雨は降り続いている　となりの洋館のヤシの木がごうごうと鳴る　車が水しぶきを上げて走り去る音　気を取り直して　新しい萌黄色の便箋を広げると　今度は小さな蜘蛛が降りてきて　もそもそ動く　手を伸ばすとこれも消えた　雨はもう三日も降り続いている　今日も　夜になると机の上に生きものたちは現れるだろうか　きっと気のせいだ

そういえば手紙というものが昔から嫌いだった　一方的に感情を押

し付けてくる　それでも返事を書かないわけにもいかない　しぶしぶ便箋に向かっていた　でもわたしの返事が届くころには　相手の気持ちはすでに変わっているに違いない　と思いながら返事を書こうとしていた　文字はそれを見抜いていたに違いない　だからこうして嫌がって逃げるのだ

こうなるともう押し付けられた眼鏡はわたしの救世主だった　今夜はぐっすり眠らせてくれるだろう

夜を走る

走る　夜を走る
メモ帳に書きとめられた電話番号　誰のものだったのだろう　誰か
に助けを求められていた気がする　それなのに忘れてしまったのだ
だいたい　私が人を助けるなんて　できっこないのに妙な気を起こ
すのが間違っている　電話してみるのは怖い　誰だったのだろう
心にもないことを考えた私が悪い
走る　夜を走る　何かが走る
いや　走っているのは　汚れたあの虎猫だ　私の庭に来て臭い糞を
して　私の車のボンネットの上で朝陽を浴びて温もっているあの虎

猫だ　いつも泥の足跡を残す　腹を立てて私が追っ払ったあの野良猫だ　人間の先祖は太古　小さな鼠みたいなものだったらしい　私が猫が嫌いで　息子と娘が猫の毛アレルギーなのはそのせいなのだ私は猫が嫌いだったか　いや　三匹の子猫を守って連れ歩いていた黒猫は　存外可愛かった
走る　夜を走る
あ　昨夜食べたあのアサリだ　貝は水から煮るといい味が出るのよと教えられ　沸騰した湯に入れないで水から煮た　熱い熱いとアサリが泣く　椀の中まで泣く
走る　見えないものが　夜を走る
ひょっとすると走っているのは　私に逢いに来たあの人かも知れない　見えなくても存在しない訳じゃない
何かが走る　夜な夜な走る
私は眠れない

水族館はこわいところ

クラゲを観たくて鶴岡のクラゲ水族館へ行った　いつからクラゲが好きになったのだろうか　泳いでいるのか漂っているのかといった感じやフワフワした姿は一品だ　海については好きかと聞かれれば山の方が好きだと答えるが　嫌いというわけでもない　泳げないかというと泳げないわけでもない　ただ水の中に永く沈んでいるのは圧迫感があって好きではない　自殺するときは水に飛び込もうなどとは絶対に思わない　水を吸い込んでブヨブヨの死体になるのはまっぴらだ　乾燥してミイラになるのとどっちがいいかと問われればうーんそれはちょっと考える　ミイラは残骸が残る　乾燥して粉々

になって散ってくれればいいが　ウルムチで見た楼蘭の姫君は眼は窪んで皮膚は真っ黒で骨に張り付き歯をむき出した姿でガラスケースの中に横たわっていた　いかにも怨念がこもっている感じで観ている人に罪悪感を蘇らせた　若くて病死したのかもしれないし　砂嵐に巻き込まれ埋められたのが結婚式の当日だったのかもしれないだから今ごろこんな状態で見物人の目に晒されればそれも当たり前だ　そんな姿はやだね　わたしは世の中に恨みはないから　できれば跡形もなくなってくれるのがいい　親鸞さんだって亡骸は賀茂川に投げ捨てて魚の餌にしてくれといった　そんなこと思いながらクラゲを観ていると　海水の中をゆらゆら漂うのはいかにも気持ちがよさそうだ　水槽の中では鰯雲みたいに白い小さいのがスイースイースイーッと　茶っぽいどでかいのはくにゃくにゃくにゃっと長い脚を揺らし　あちこちではピカピカ虹色に光る　動きまわっているのに細い沢山の足はお互いに絡みつかないもつれない　気がつくと

わたしの入っている水槽は　丸い楕円形で小さな透明な傘のクラゲ
で混雑している　突然上から餌が降ってきた　水槽の中は大混乱
わたしも必死に餌を追いかけるが　ぶつかる度にチクチクッとする
痛い　でもクラゲ同士はぶつからない　ガラスの外からはピカッピ
カッとフラッシュが光り　飛び上がるほどびっくりする　生存競争
に敗れるより前に　ストレスで　わたしは消えていなくなるだろう

ポテトサラダ余話

馬鹿げていると思われるかもしれないが　今日もわたしはポテトサラダを作った　キタアカリをホクホクと潰して　昨日はダンシャク一昨日はメークインだった　延々と毎日ポテトサラダを作り続けている　これが私の償いであるらしい　どこからかポテトサラダを作れという声がしきりにする　命令してくる　何度作っても繰り返してくる　シャドークイーンで作ったときは紫色で不気味だった　ノーザンルビーの赤いポテトサラダというのもやはり気色の悪いものだった　なぜポテトサラダばかり作らなければならないのか　肝心の罪の償いというのがなんなのか解らない　ともあれ作り続けない

といけないことだけが解っていて　何とか毎日努力している　おばあちゃんに亡くなる前に食べさせてあげたかったからかしら？　母が亡くなった病院のポテトサラダがまずかったからかしら？　父にではない　これだけは確かだ　父はジャガイモは嫌いだった　戦後姉が初めてカレーを作った日　こりゃなんじゃ　こんなものが食えるか　と怒っていたのを思い出す　サツマイモの方が好きだったのだ　ではこのポテトサラダ作りは　私にとってなんの償いなのか理不尽な思いで今日もポテトサラダを作り続けている

ペルーのリマの小学校の校庭で　鶏肉や薯を土に埋め　その上でたき火をして蒸し焼きにした　そのオレンジ色の薯の美味しかったこと　クスコ出身のインディオのイルダ一家の家で戴いたあのポテトサラダ　あれはきっとインカノメザメだったのだ　あの黄色いホコホコしたジャガイモ　そうだあのとき「君の名は」の歌を唄った

「黒百合の歌」も歌った　戦後のすれ違いで有名なラジオドラマだ　一家と一緒に四十年ほど時代を逆戻りした　なぜこんな歌がペルーではやっているのか不思議だった　当時まだフジモリが慕われていた大統領だった　沖縄出身の日本人が建てたというこの小学校には日本好きの現地の人たちが大勢通っていた　長女のイルダは五年生片言でも日本語が喋れるのは彼女だけ　スペイン語と片言の英語と日本語でイルダは　わたしだけ父親が違うの　と見知らぬ私にあっけらかんと訴えた　どうにもできないじれったさをかばってくれたのがインカノメザメのポテトサラダだ

五里夢中

まぶしいなー（あっ　目を開けた）（おばあちゃん　おばあちゃん俺解るか）誰やなー　まぶしゅうて見えへんわ（あっ　また寝ちゃった　でも　何か言ってる）はいはい　お茶ですか　ちょっと待っておくれやす　いま仕事から帰って来たばかりですよって　はいどうぞ　淹れたてのお茶　ぬるい？　すんまへん　あわてて湯わかしましたんやけど　あー　疲れて足が棒のようや　お茶くらい自分らで淹れたらどうなんやろ　ほんまに毎日二人で何してはんのやろ　頼りの息子が亡うなって親も辛いやろけど　連れ合い亡くして子どもから舅姑の面倒みんならん　うちの身にもなってみて（な

んだか　しかめっ面して来たぞ）うちはなー女学校出たら薬専行きたかったんや　そやけど　お茶やお華や算盤やいわれて　確かにな一　算盤でけたんは役に立ちましたでぇ　えらいいい相手が見つかったゆうて　結婚して　喜んだのはつかの間　あの人は研究の虫でなー　身体弱おうて戦争に行かれへんからゆうて　研究室で徹夜続き　あげくの果てに　肺病や　仕方ないからあの人の田舎帰りましてな　戦時中から戦後にかけて　金も物もない時期や　医者にも十分掛かれずになー　うちが農協に勤めだしましたんや　ほんま算盤でけたんで助かりましたわ（なんやぶつぶつ言ってるよ）お母ちゃん　お母ちゃんが連れていった家な　何や知らんおっちゃんとちびの男の子がおったやろ　そんなん　急にお父ちゃんや弟やいわれても　無理やわ　そんなん　思われへん　おばあちゃん　助けて（あっ　手を出してる　パパ握ってあげて）後家さんの独り暮らしや思うて寄って来んといて　空き家だ？　蜘蛛の巣張っとる？　馬

鹿にすんな！　うちはもう男になったんや　（あら　手を振り回しだしたよ）　大槻能楽堂にな　みんなでバスで行くから　帰りに渡す土産買《こ》うて来てんか　三十人分やで　三十人分　あんた長男やろ着て行く着物は娘に作ってもろうたし　やれやれや　なんせ師範代なんやから　（すこし落ちついてきたみたい）　鶏が卵産んだら　子どもらの弁当に入れてやりたいんやけど　ちょっとでもお金に換えんとな　堪忍してや　（少し顔つき変わってきた感じしない？）　ああ　みんな死んでしもうて　子どもらも出て行って　いやいや　寂しいことなんかあれへんよ　年金暮らしはいいもんや　テレビ観て電話さえすれば何でも買える　青汁も卵黄ニンニクもブルーベリーも買うた　そうや皇潤とサメの軟骨注文しとこ　膝痛いもんな　あれ　最近痛無いな　そうや息子のとこ行って手術したんやった　忘れてた　おかげさんで歩け出したわ　そやけどもう行きたいとこないな　北海道も行ったしハウステンボスも行ったし　ハワイは行っ

たことないけど　まあ　暑いとこはいらんな　ああ　暑いなー　暑い暑い　ハワイは嫌や（少し熱が出てるんじゃないかしら）（なにしろ九十九歳だからねー）

墓じまい

誰も面倒を見る人がいなくなってしまう実家の　墓じまいをした男たちが亡くなり　他家に嫁いだ姉妹三人が残り　齢を取ってきたからだ　実家の敷地の墓地に並んだ先祖代々の墓だけど　参る人もなくなって落ち葉に埋もれていくのはほっておけなかったからである　こんなことになるなんて長いあいだ夢にも思わなかったことだった　子どものころは大家族だった　祖父祖母叔父叔母父母に子ども五人　黙って食えと祖父に叱られながら二つの飯台《ちゃぶだい》を囲んでわいわいがやがや朝飯夕飯を食べた　今誰もいなくなった実家は神戸の震災のあおりをうけて塀が半分倒れ　長屋は竹に侵食されて崩れ落ち　明治に建てた母屋と蔵だけが鬱蒼と繁った木々に埋もれてあ

る　子どものころ　墓地は怖い場所だった　祖父も母も土葬だった傍を通ると　土に埋められていった母の姿が浮かんできた　風花の舞う中　あの日母のお棺を担いだ人たちは　家の前でぐるりとひと回りして墓地へ向かった　死者が帰ってくる方向を分からなくするためだと聞いた　土饅頭のように盛り上がった土は　雨が降る度に沈んでいき　墓石を建てるころにはすっかりなだらかになっていたわたしは墓も戒名もいらないと思っている　森鷗外は「余ハ石見人森林太郎トシテ死セント欲ス」と遺言して　森鷗外でも陸軍医務総監でもなく　ただ「森林太郎ノ墓」としてのみで眠っている　戒名はあるにはあったらしいが、なんとも潔い

父は長男で妹が三人一番下に弟がいた　父が本家を弟が分家を継いだ　五代目の青井久米五郎という曾祖父が大酒飲みで名主の身上《しんしょう》をつぶしたのだそうだ　祖父も大酒飲みだったが　大用な人柄で玄関先に一斗樽を置いて人にも飲ませて　田畑をもかなり取り戻したら

しい　戦後のインフレで反古《ほご》になった借金の証文がたくさん出てきたというから　あこぎな高利貸しまがいもしていたのではないか

戦後父は受け継いだ土地を農地改革で失うと共に軍人だった矜持も失い　一生懸命働いた割には事業も失敗し貧乏になった　時代について行けなかったのだろう　ある日酒を飲んであばれた長男と大喧嘩になり　跡継ぎを棄てて長男夫婦は家を出ていった　末っ子の弟も東京で就職した　がどちらにも男の子がなくて　跡継ぎは無い
父は還暦の祝いの席で「わたくしは明治・大正・昭和という時代を生きてきて幸せでした」とえらく剛毅な演説をしたが　はたしてどんな心境だったのか　母が亡くなったばかりだった

有名人はいないから　墓じまいをしても　大丈夫だね　とその日姉妹で笑った　墓も戒名もいらないとほんとうに思っている　戒名というのはあちらの世界に行った時の名前ですからとお坊さんはおっしゃるが　あちらの世界だって　誰も見たわけではないのだから

はじまりの記

木製の一脚の椅子は考えた　このまま座る人を待っているだけの存在でいいのか　自分にだって何かできることはあるだろう　じっとしていられなくなって椅子は　夜になるのを待って闇にまぎれて飛んだ　どこへ向かって？　そんなことは椅子にわかるわけがない　考えても見てほしい　深い森のブナの樹々に囲まれた山小屋に生まれそこしか知らない椅子なのだから　だが椅子は飛んだ　未来は変わるものなのだ　と飛びながら椅子は考えた

なんという広さ　風によって波打つこのひと粒ひと粒の砂の輝き

夕陽を浴びて砂丘の上に立った　孤独なそれでいて凛々しい　この椅子の姿をみてほしい　振り返ると影が長く尾を引いて　四本の脚は細く細く頼りなげだが　椅子の胸は不思議な感情で膨らんでいた

蒼い波に憧れて飛び込んだ椅子は　そこが海というものだとは知らなかった　浮かんでしまってどうしても潜ることができない　ゆらゆら浮かんで揺られていると　美しい水色の一羽の蝶が息絶え絶えにやって来て椅子の上で休んでいった　森で出会ったことのあるアサギマダラだった　自分が役に立つ存在だって知ることは　椅子をどんなに勇気づけたことだろう

椅子には　自分が椅子であると運命づけられていることが不思議だった　椅子ってなんだろう　と思う　なぜ自分は椅子であってテーブルではないのか　テーブルにはなれないのか　椅子の苦悩は不幸

の始まりであり　しかしながら幸せの始まりでもあった

ある時　うっとりと安らぐ音が聞こえてきた　まるで生まれ故郷の森の樹々のざわめき　きらきら光る小川の流れ　小鳥のさえずりのような　それでいて時には心をわしづかみにして揺さぶってくるその音は　建物の真ん中にある黒い大きなものから出ていた　白黒の模様の上を指が　薄い衣に身を包んだ美しい少女の指が　滑らかに躍っていた　オーケストラやピアノというものを初めて見た椅子は心を揺さぶられた　ああ　あの少女の座る椅子になりたいと思った

椅子は希望というものを初めて持った

座っている

美しいカーブの背もたれの
マホガニーの椅子に寄りかかり
空を眺めている人がいる
陽当たりのいい二階の
大きなガラスの窓辺で
本当のところ
マホガニーの背もたれが美しいかどうか
だいいち　マホガニーかどうかも分からない
二階の大きな窓辺の椅子

ある夕暮れどき
薄闇の中　影法師のように
華奢な中学生くらいの女の子が座っている
スマホの明かりが映し出す顔が
引き攣っている

ある雨の日
見上げると
おばあさんが座っている
歳とって息子に引き取られてきたのか
見慣れぬおばあさん
稲穂を渡る風
葉っぱをすべり落ちる雨滴を思い浮かべている

腰の曲がったおばあさんが

ある時は
見おぼえのある人が座っていることがある
夫であったり　母であったり
忘れられないでいる人であったり
ときどき私によく似た若い人が
座っていることもある
すべすべしたマホガニーの美しい背もたれに
満足そうにもたれて

揺り椅子

小春日和の昼下がり
やわらかい陽のあたる縁側で
おばあさんがひとりゆったりと揺り椅子に横たわって
淡く紅をぼかした白山茶花の枝で啼く
小鳥の声に聴きほれて
庭先の蠟梅の香りに
溶け込んでいます
そんなおばあさんですが独りで旅に出かけることもあって
屋久島まで縄文杉に逢いに行ったり

シルクロードの砂漠を歩いたり
ウルムチで希少種の白ワインを飲んで
キノコ料理を堪能したり
サハラの赤い砂にうずくまったり
オーロラを見上げに北欧へ行ったり
帰ってこないことも稀にはありますが
大抵は帰って来て
そのときは
揺り椅子にまた横たわっているはずです
おばあさんの長い不在にかこつけて
古くなったからといって
この揺り椅子を捨ててはいけません
よく観てごらんなさい
おばあさんですよ

椅子は

春先も晩秋も
縁側で
揺り椅子はゆれているでしょう

椅子

心が折れそうになると
森の小さな小屋へ向かう
輪切りのままの木のテーブルと
粗末な椅子がふたつ

椅子がふたつ
そこで誰と住んでいたのだろう
誰と住もうとしたのだろう
椅子が夕照を呑んで

誰とも住んではいない
きっと現れるだろう人が
いつ来ても座れるように
椅子はいつもひとつだけ空けてある

光も音も優しく透明で
小屋の中は森の木霊《こだま》に満ちている
なにかに包まれたくてやってくる
なにかを吐き出しにやってくる

山鳩が近くでほっほうほっほうと鳴く
ムササビが訪ねてくることもある
いつでも椅子のひとつは空席のまま
陽が昇ったり沈んだりする

あり得ないかあり得るか

夕暮れの電線にとまっている雀
久しぶりに見た
おびただしい数
よくみると電柱を挟んで
両側二列の電線が海ぶどうのよう
電柱のてっぺんにはカラスが一羽
ふいにふわーっと電柱の上にもう一羽
お互い　知らん顔
突然　三十羽ほどの雀が飛び立った

一瞬　あたりは静か
またどこからかカラスが電線の雀たちの真ん中に
電線がグーッとたわむ
今度は四五十羽が北へ向けて飛び立った
みなが集まる扇町公園へでも向かったのか
大きめなカラスがまた飛んできて
電柱に近い所の電線に加わった
また電線がたわむ
ときどき首を傾けて雀たちの方を窺う
雀たちはグチュグチュグチュグチュ騒いでいる
「雀」をいくつも詩にした詩人を思い出す

　夜明けの電線にとまっている雀
大阪の空にはいるね　13

大和　0
京都の上空　3

おまえたちは、いま、おれの何だ*

ここにはまだゆうに三百羽はいる
並んでチュクチュク鳴いているだけに見えるが
夕暮れの電線にとまっている雀
非力なものよ
さあ　どうする

静かに夕闇が迫ってくる

*小野十三郎

もろびとこぞりて

佐久間さんからハガキがきていた
約束の時間を確かめようと
さんざん捜したが見つからない
あきらめ気分でふと気づくと
積み上げた本の隙間から
ハガキがこちらを覗いている
えっ　差出人は左久間？
わたしが忘れて放置している間に肝心の人が消えてしまった
佐久間じゃない　左久間になっている

これでは　わたしは会いに行けない
このようにして　また一人失ってしまった
ぼんやりと生きてきた
わたしの周りには人がいっぱいいいた気がしていた
いつの間にか　一人減り　二人減り
みんないいなくなった

突然
記憶にない人から電話があった
同窓会名簿からあなたの電話を探しました　と言って
弟さんとおつきあいをしていました
でも一緒になる決心がつかなくて
私から別れようといいました
五十年も前の話ですけど

いま　どうしていらっしゃいますか
と彼女は　遠慮がちに言った
あの子は亡くなりました　四年前に
あなたの選択は賢明でしたよ
お電話くださってありがとう　と私は受話器に頭を下げた
次の夜また電話がかかってきた
命日だけでも教えてください　と
五十年たっても祈ってくれる人がいる
苦しみの多かった弟の人生が　突然輝いてみえた
これも一つの出逢いにちがいないと
ひとり呟いた

七月の目

申し分のない天気だ
そう思いながら
どこかでくすぶっている

石段ははるか天まで続いてみえる
途中に碁石や硯を商っている土産屋がつづく
毎日この階段を上がって商売するのは大変だろう
私は今日限りだ　と自分を慰めながら
目の前にある石段だけを見て

黙々と　歩く　登る

だれかに　じっと
見つめられている
店の簾《すだれ》の隙間から
闇を吸い込んだ目
見透かされている
見たことが　ある
あ　空洞のあの目
つい　このあいだ
美術館で　逢った
モジリアーニの目
　みえないと?
みえてますよ

ささやきがきこえる
どこを見ているのだろう
なにを見ているのだろう
黒く塗りつぶした目は　憎悪　染み　ブルカ
金色の目は　どんちゃん騒ぎ　破廉恥
葵色《あおいいろ》の目は　野心　恋の病　朝焼け
鴇色《ときいろ》の目は　天使の微笑み
朱華《はねず》色の目は　品格　憧れ
青竹色の目は　希望　羽
右目と左目の色が違う
人は気まぐれなのだ
同時に違う物を見て
異なった感情をもつ
　　みたくないだけよ

みなくてもわかる

登りきれば
青岸渡寺
緑のトンネル
また山道を下り
また昇って
眼の前に
無実の夢の
雪崩れる那智の滝
汗がしたたり落ち
わたしは七月
滝のなか
透明な
目

ぼくの青い帽子のゆくえ

ぼくの青い帽子のゆくえ

襲ってくる
青い大きな嘴で
頭を攻撃してくる
羽を広げると二メーターはある
なんだいおまえは
帽子が欲しいんだ
おまえどうしてここにいるんだい
昨日パソコンの画面で
初めて会ったばかりじゃないか

だって青い帽子が見えたんだもの
青い嘴に青い足
青い帽子をかぶりたいのか
おっしゃれめ
最近青い魚が少ないんだ
そんなのぼくの責任じゃないよ
考えてる暇はない
逃げろ
砂場を走り大岩にかくれ岩山を登り
崖だ
追い詰められた
豚たちに追い詰められた
「夢十夜」の漱石を思い出す
青い大きな足が

頭をかすめる
空中からの攻撃だから無防備だ
じりじり責められて
崖から落ちてなんかやらないぞ
海に落ちたら
垂直に突っ込んでくるに違いない
突風
身体ごと吹き飛ばされた
いやだー
ゆっくり落ちてゆく自分の姿が見える
ぼくの青い帽子は風に乗って
帽子を追って
アオアシカツオドリ

相棒

とつぜん
床に叩きつけられ
へしゃげた蛙のようになった
椅子に乗って吊り戸棚に手を伸ばし
小豆の缶を取ろうとしていただけだった
足で踏みつけられたくなかったのか
椅子は逃げようと身をかわし
わたしを振り落とした

わたしだってさ
好きであんたの上に乗ったわけじゃないんだよ
最近背丈が五センチも縮んでさ
台所の吊り戸棚に手が届かなくなったのよ
以前は軽々取れたものがさ
取れなくなってしまったんだよ
こっちだってイラついてるんだから
わかってよ

さあさ
機嫌なおして
磨いてあげるから
背もたれも四本脚もピカピカになったでしょ
この家建てた時からの付き合いだものね

もう買い換えようなんて思わないから
古くなって当たり前
わたしだって顔も首も皺だらけよ

心の中まで見透かすなんて
さすが相棒
油断がならないねえ
おかげで肩ひねって腕は上がらないし
すねも内出血で青じんでる
今までどおりまた仲良く坐って
キッチンスケールの横で詩を書くよ
ね　相棒

ごみ?・はごみとして扱われていいものか

お正月　朝から
霧島の湯の素を溶かして
お湯につかっている
ハーブの湯気が立って
白い濁り湯は
朝の光を反射させて
肌をピンク色に見せていい気分
えっ　なにか浮いている
小さな黒い　ごみ?

まつ毛？
掌で掬ってタイルに流す
そのまま排水溝に流れていった

はたしてあれはごみだったのだろうか
小さな蚊のようでもあった
そうだ　きっと
あれは生き残りの冬の蚊だ
栄養失調のひょろひょろの蚊
湯気に捕まって落ちたのだ
水に落ちたときはびっくりしたろう
42度のお湯だ
彼は（いや彼女か）42度なんて経験したことがないはずだ
私にはいいお湯加減だが

どんなに衝撃だっただろう
落ちた瞬間気絶したのか
もがいて溺死したのか
高温のショックで死んだのか

排水溝に流して
黙っている

海が遠い街で

陽が傾いて
砂が吹きつける
誰かが見つめている
女は布を被り
赤子を抱いて走る

陽が傾いて
砂が吹きつける
銃口が焦点を当てる

男は黙って
荷物を小脇に抱え
立っている

陽が傾いて
砂が吹きつけてくる
扉を開けて老人が招く
絨毯に少女が蹲っている
圧殺された空気が
熱い
凶暴な殺意が忍び込もうとする

陽が傾くと
砂がさらに吹きつけてくる

誰かが見つめている
声はない
耳だけが立っている
後ろ頭も背骨も腰も
カラシニコフの記憶を反芻する
街で

魚になりたい

まどろみ始めるといつもおまえはやってくる
白い翼からしずくを垂らしながら

かあさん　私は生きてるよ
怖かったあの津波の日
わたしは海鳥になったの
魚の捕り方も覚えた
荒れ狂う雨の中を飛び続けることだってできる
飛びながら眠ることもできるんだ

よく　かあさんの夢を見るよ

夢の中で　かあさんはいうの
かあさんもあの日から魚になってしまった
娘や　さあ　私を食べなさい
そうして私と一緒に生きよう　って

空が白々と明けはじめ　何かの気配に目覚める
布団がぐっしょり濡れている
ああ　魚になりたい
魚になりたい

雨の日の

雨の日のテニスコートの顔を
見たことがあるか

はじける笑い声と
軽やかな足音をしみこませ
愁雨の中で
晴れやかに笑っているか

来るはずの人を待って

来ないかもしれない人を待って
来るはずのない人を待って
蒼く聞き耳を立ててうつむいているか

かすかな風に痛風のオウムは止まり木からころげ落ち
尿路結石のウサギは嫌いなほうれん草も食べる

昨日いて今日はもういない人のことを
ぎりぎりと胸に刻んで
雨の日のテニスコートは夢見る
鮮やかなスマッシュを

バス　1

陽射しが強い日だった
すこしむし暑かった
まだ冷房のない頃で
バスは窓を開け放って走っていた
わたしの隣の窓側の席には
ようやく片言のいえるようになった子どもを膝に乗せた母親が座っていた
子どもは窓の外を指さしては
振り返り楽しそうに笑っていた

狭い道路を対向車を避けて
バスは少し左に寄った
その時子どもが　突然窓からのり出した
電信柱が目に飛び込んできたのと　殆ど同時だった
鈍い音がして　子どもの耳からすーっと血が糸を引き
母親の叫び声が空気を裂いた
その日　わたしは三つ編みにしていた長い髪の毛を切った
大学一年の夏だった

その日の絶叫を乗せたまま
わたしのバスは今日も走り続けている

バス 2

停留所に着いたので
あわてて降りた
ブウーンとバスが発車したあと
はっと気が付いた
そうだ　子どもが一緒に乗っていたのだ
あっ　子どもが子どもが　私の子どもが！
と叫んで追いかけた
が
バスはそのまんま行ってしまった

それにしてもいったいどこ行きに乗っていたのだろう
どこへ行くつもりだったのだろう
どうしてここで降りてしまったのだろう
目覚めて　二人の子どもを抱きしめて
心臓の鼓動が聞こえそうにごとごと鳴っていた

ふるさと

いま
わたしの中から
出て行ったものはなんだろう
ときどき
そんなことがある
出て行くものばかりで
だんだん　わたしは軽くなっていく

あの時は　そうだ

眼に見えないものばかりを求めて
出て行ったのは　わたしだ
だからいま　うちひしがれて
乾いたビル風に吹かれて独り歩いている
いつも　どこかで呼びかけてくる
残されたわたしの双子の妹よ

誰も棲まなくなった廃屋の
朽ちて倒れかけた土塀の脇には
満開の紅梅
うす紅色の山茶花がこぼれている
閉じられた雨戸から差し込む光の中
ひっそりと納戸の隅にうずくまっている
ああ　わたしの妹

私が見たのは　だれ
どんなに探しても　誰に聞いても
妹などいはしないのだった
あれは
生まれることなく死んだわたしの娘?
いやあれは　わたし
こんなところに

高等数学はいらない

あっという間に日は過ぎて
わたしのまわりはしんっと静か
赤ン坊が泣くわけじゃなし
ドローンに狙われるわけじゃなし
駱駝も訪ねて来やしない
ただ　メダカが七匹
いつものまぁるい水槽で
いつもと同じに泳いでる
わたしの気配で水面に上がってきて

餌を待っている
彼らに頼られて
わたしは生きていくのだろうか
ところがメダカは生命力旺盛
気がついたらオオカナダモに
透明な光り耀く球形が連なっている
ゆらゆらゆれるゴミみたいな赤ちゃんメダカが
わんさと生まれてきた
夫の生まれ変わりが
四十三匹のメダカなのか
いや　動き廻って数えられない
約四十五匹くらいかな
そのとき数は私にとって重要だろうか
数を数えていると悲しくなった

残りの歳を数えるには両手があればたりるだろう
私の人生には　もう
サインもコサインも微分積分もいらない
ただ単純に
赤ちゃんメダカが一匹　赤ちゃんメダカが二匹
指折り数えても
五十匹止まりだ

突然　アルパカやビクーニャに会いたくなる
わたしはメダカとばかり生きてはいけない
どこからか呼ぶ声がする
出掛けなくては

納骨

雨は
お昼になると
ふっと　やんだ
車を降りて墓地に向かう
足元はぬかるんでいた
骨壺の重さで少しよろめく
息子が建てた新しい墓の蓋を開けると
中は広々として
納められた夫の骨壺が

ぽつんと
ひとつ

陽が射してきて
お坊様の草履の鼻緒が濡れているのが見えた

秋櫨のソネット

アキニレは哀しい　いつも遅れてくる
花が咲くのも　実がなるのも
赤ん坊を抱いて
そばに立っている人はだれ

滅びの時期に花を咲かせ
実を実らす
だが　誇らしく
種を撒き散らしたはずだ

異端の子よ
あなたは私が生み出したもの
既に季節は終わる

幹が剝がれた斑の肌をあらわに
だれかれの視線を避けて
崖下の　アキニレは寂しげだ

中塚鞠子　なかつか・まりこ

一九三九年岡山県北に生まれる。富山大学薬学部卒業。

詩集
『絵の題』一九九〇年・白地社
『駱駝の園』一九九七年・思潮社
『セミクジラとタンポポ』二〇〇一年・思潮社
『約束の地』二〇〇七年・思潮社
『天使のラッパは鳴り響く』二〇一五年・思潮社

エッセイ集
『庭木物語』二〇〇六年・編集工房ノア
『わたしの草木逍遥』二〇一七年・澪標
『「我を生まし足乳根の母」物語――近代文学者を生んだ母たち』二〇二〇年・深夜叢書社

日本文藝家協会、日本現代詩人会、中原中也の会会員。
総合雑誌「イリプスⅢ」「小手鞠」同人。
現住所　〒五九六―〇〇〇四　岸和田市荒木町一―二七―二三

水《すい》族《ぞく》館《かん》はこわいところ

著者
中《なか》塚《つか》鞠《まり》子《こ》

発行者
小田啓之

発行所
株式会社　思潮社
〒一六二―〇八四二　東京都新宿区市谷砂土原町三―十五
電話〇三（五八〇五）七五〇一（営業）
〇三（三二六七）八一四一（編集）

印刷・製本
三報社印刷株式会社

発行日
二〇二三年九月十五日